VENTE A ORLÉANS

Salle des Fêtes

Le Jeudi 2 Juin 1904, à 2 heures

COLLECTION

de

37 Tapisseries

des XVIᵉ, XVIIᵉ et XVIIIᵉ siècles

d'Aubusson et des Flandres

DOUZE FAUTEUILS COUVERTS EN TAPISSERIE

provenant

des Hospices d'Orléans

Par le ministère des COMMISSAIRES-PRISEURS de l'arrondᵗ d'Orléans

11, place du Vieux-Marché

ASSISTÉS DE

M. Arthur BLOCHE, Expert près la Cour d'appel de Paris

51, rue Saint-Georges

EXPOSITION PUBLIQUE

Les 30, 31 Mai et 1ᵉʳ Juin 1904, de 2 heures à 5 heures

HONNEUR-TRAVAIL
Imprimerie Orléanaise
68, Rue Royale, 68
ORLÉANS

CONDITIONS DE LA VENTE

l a vente sera faite au comptant.

Les acquéreurs paieront *dix pour cent* en sus des prix d'adjudication.

L'Exposition mettant le public à même de se rendre compte de l'état des objets, aucune réclamation ne sera admise une fois l'adjudication prononcée.

CATALOGUE

des

37 Tapisseries

des XVIe, XVIIe et XVIIIe siècles

d'Aubusson et des Flandres

SCÈNES HISTORIQUES, ALLÉGORIQUES ET VERDURES

Panneaux au point

DOUZE FAUTEUILS COUVERTS EN TAPISSERIE

à Médaillons (Fables de La Fontaine)

PROVENANT

des Hospices d'Orléans

Et dont la Vente aux enchères aura lieu

A ORLÉANS, SALLE DES FÊTES (Entrée rue Dupanloup)

Le Jeudi 2 Juin 1904, à 2 heures

———— • ▭ • ————

Les Commissaires-Priseurs	**M. Arthur BLOCHE**
DE L'ARRONDISSEMENT D'ORLÉANS	EXPERT PRÈS LA COUR D'APPEL
11, place du Vieux-Marché, 11	51, rue Saint-Georges, à Paris

Chez lesquels on trouve le présent Catalogue

———— ⚭ ————

EXPOSITION PUBLIQUE

Les 30, 31 Mai et 1er Juin 1904, de 2 heures à 5 heures

DÉSIGNATION

TAPISSERIES

1 — Tapisserie d'Aubusson représentant une scène à deux personnages, xviiie siècle.

Largeur, 1^m40. — Hauteur, 2^m91.

2 — Tapisserie ancienne d'Aubusson représentant un paysage, avec bordure à vases de fleurs et autres motifs décoratifs.

Largeur, 2^m18. — Hauteur, 2^m91.

3 — Tapisserie ancienne des Flandres représentant un paysage animé de deux personnages.

La bordure offre des médaillons, des fleurs et des attributs.

Largeur, 2ᵐ 70. — Hauteur, 3ᵐ 10.

4 — Tapisserie ancienne d'Aubusson dite *verdure* animée d'oiseaux, avec bordure à fleurs et fruits.

Largeur, 3ᵐ 02. — Hauteur, 2ᵐ 80.

5 — Tapisserie ancienne des Flandres dite *verdure* avec deu personnages, bordure à fleurs.

Largeur, 2ᵐ 83. — Hauteur, 3ᵐ 07.

6 — Tapisserie d'Aubusson représentant une scène de festin, xviiiᵉ siècle (incomplète).

Largeur, 3ᵐ 02. — Hauteur, 2ᵐ 34.

7 — Tapisserie ancienne d'Aubusson représentant une scène de festin, tirée de l'histoire d'Esther et d'Assuérus, avec bordure à ornements (incomplète).

Largeur, 3ᵐ 33. — Hauteur, 2ᵐ 35.

8 — Tapisserie ancienne d'Aubusson représentant le mariage d'Esther et d'Assuérus. Bordure à fleurs et ornements.

Largeur, 2ᵐ88. — Hauteur, 3ᵐ36.

9 — Tapisserie ancienne d'Aubusson représentant un paysage avec plantes vertes et bœuf au premier plan. La bordure offre des vases décoratifs, des fleurs et des fruits.

Largeur, 2ᵐ93. — Hauteur, 3ᵐ20.

10 — Tapisserie des Flandres représentant une scène de festin avec bordure à fleurs et plantes, fin XVIᵉ siècle.

Largeur, 2ᵐ87. — Hauteur, 3ᵐ35.

11 — Tapisserie ancienne des Flandres représentant une scène de la vie d'Alexandre, bordure à fleurs et rinceaux.

Largeur, 3ᵐ36. — Hauteur, 3ᵐ52.

12 — Tapisserie des Flandres de la même suite à sujets bibliques.

Largeur, 3ᵐ30. — Hauteur, 3ᵐ55.

13 — Tapisserie ancienne représentant un groupe
de quatre personnages (fragment), avec bordure
à médaillons et incomplète.

Largeur, 2ᵐ95. — Hauteur, 2ᵐ28.

14 — Tapisserie ancienne des Flandres représentant une scène de combat avec bordure à fleurs,
rinceaux et oiseaux (incomplète).

Largeur, 3ᵐ64. — Hauteur, 2ᵐ76.

15 — Tapisserie ancienne d'Aubusson représentant un paysage avec des animaux. Bordure à
fleurs.

Largeur, 4ᵐ30. — Hauteur, 3ᵐ08.

16 — Tapisserie ancienne d'Aubusson représentant un paysage animé d'oiseaux. Bordure à
ornements.

Largeur, 4ᵐ79. — Hauteur, 2ᵐ78.

17 — Tapisserie ancienne des Flandres représentant une scène de mariage à laquelle assiste
Rabelais. Bordure à fleurs, fruits, oiseaux et
rinceaux.

Largeur, 4ᵐ12. — Hauteur, 3ᵐ10.

18 — Tapisserie des Flandres représentant l'enlè-
vement de la belle Hélène. Intéressante com-
position maritime. Bordure offrant des fleurs
et des aigles, xviie siècle.

Largeur, 3^m92. — Hauteur, 3^m23.

19 — Tapisserie d'Aubusson représentant une
allégorie à l'Abondance et à l'Automne dans
une scène de vendanges. Bordure à fleurs et
ornements, xviiie siècle.

Largeur, 4^m07. — Hauteur, 2^m73.

20 — Tapisserie d'Aubusson représentant un
paysage avec oiseaux. Bordure à fleurs,
xviiie siècle.

Largeur, 4^m20. — Hauteur, 2^m82.

21 — Panneau composé de fragments de tapisseries diverses.

Largeur, 4^m36. — Hauteur, 2^m96.

22 — Tapisserie d'Aubusson, *verdure* avec bordure à fleurs, xviiie siècle.

Largeur, 4^m44. — Hauteur, 3^m14.

23 — Tapisserie ancienne d'Aubusson représentant une scène biblique dans un paysage. Bordure à fleurs et médaillons.

Largeur, 3^m72. — Hauteur, 3^m15.

24 — Panneau en tapisserie au point représentant une scène tirée de la vie du Christ avec bordure à fleurs, fruits et têtes de lion, vviie siècle.

Largeur, 3^m17. — Hauteur, 2^m61.

25 — Panneau en tapisserie au point représentant le Christ au jardin des Oliviers, xviie siècle.

Largeur, 3^m41. — Hauteur, 2^m32.

26 — Panneau en tapisserie au point représentant le Christ et Madeleine. Bordure à fleurs et fruits, vviie siècle.

Largeur, 3^m37. — Hauteur, 3^m14.

27 — Panneau en tapisserie au point représentant le Christ et la Samaritaine. Bordure à fleurs, xviie siècle.

Largeur, 4^m40. — Hauteur, 3^m28.

28 — Panneau composé de fragments de tapisseries anciennes.

Largeur, 1ᵐ87. — Hauteur, 2ᵐ85.

29 — Fragment d'anciennes tapisseries d'Aubusson.

Largeur, 1ᵐ20. — Hauteur, 2ᵐ73.

30 — Fragment d'anciennes tapisseries d'Aubusson.

Largeur, 1ᵐ32. — Hauteur, 2ᵐ96.

31 — Devant d'Autel en deux parties en tapisserie ancienne représentant paysage et animaux et écusson tenu par deux anges. Les armes représentées sur l'écusson et rapportées sont celles de l'Hôtel-Dieu d'Orléans. Bordure de fleurs, fruits et oiseaux.

Largeur, 1ᵐ10. — Hauteur, 3ᵐ40.

32 — Devant d'Autel en deux parties en tapisserie ancienne représentant paysage et animaux, et écusson tenu par deux anges. Les armes représentées sur l'écusson et rapportées sont

celles de l'Hôtel-Dieu d'Orléans. Bordure de fleurs, fruits et oiseaux.

Largeur, 1ᵐ10. — Hauteur, 2ᵐ37.

33 — Panneau composé de tapisserie au point et autre tissu.

Largeur, 3ᵐ25. — Hauteur, 2ᵐ12.

34 — Grande tapisserie au point représentant diverses scènes du Nouveau Testament dans un paysage. Bordure à fleurs.

Largeur, 6ᵐ20. — Hauteur, 3ᵐ25.

35 — Bordure en tapisserie au point à fleurs et fruits.

36 — Nombreux morceaux de tapisseries anciennes, verdures et autres.

37 — Panneau composé de diverses tapisseries *verdures* avec oiseaux et anges, bandes à fleurs.

SIÈGES

38 — Six fauteuils en bois sculpté, dessin à fleurs. Epoque Louis XV, couverts en anciennes tapis-series d'Aubusson à médaillons représentant les fables de La Fontaine, encadrés de fleurs et ornements.

39 — Six fauteuils en bois sculpté Louis XVI, dossiers à médaillons, couverts d'anciennes tapisseries d'Aubusson à médaillons représentant les fables de La Fontaine et encadrés de fleurs et ornements.

Orléans. — Imp. Orléanaise.